冯骥才

著

俗世奇人

彩绘拼音版

绝活儿

人民文学出版社

天天出版社

**图书在版编目（CIP）数据**

绝活儿 / 冯骥才著. -- 北京：天天出版社，2021.8
（俗世奇人：彩绘拼音版）
ISBN 978-7-5016-1734-0

Ⅰ.①绝… Ⅱ.①冯… Ⅲ.①短篇小说—小说集—中国—当代
Ⅳ.①I247.7

中国版本图书馆CIP数据核字(2021)第143089号

| | | |
|---|---|---|
| **责任编辑：**郭　聪 | **美术编辑：**邓　茜 | |
| **责任印制：**康远超　张　璞 | | |

**出版发行：**天天出版社有限责任公司
**地　址：**北京市东城区东中街42号　　**邮编：**100027
**市场部：**010-64169902　　　　　　**传真：**010-64169902
**网址：**http://www.tiantianpublishing.com
**邮箱：**tiantiancbs@163.com

**印刷：**北京博海升彩色印刷有限公司　　**经销：**全国新华书店等
**开本：**880×1230　1/24　　　　　　　**印张：**4.25
**版次：**2021年8月北京第1版　**印次：**2022年11月第2次印刷
**字数：**47千字

**书号：**978-7-5016-1734-0　　　　　　**定价：**28.00元

# 目　录

shuā zi lǐ
刷子李 /1

lán yǎn
蓝眼 /13

hǎo zuǐ yáng bā
好嘴杨巴 /30

shén yī wáng shí èr
神医王十二 /43

sì shí bā yàng
四十八样 /59

yí zhèn fēng
一阵风 /78

dǎo dú
导读 /95

# 刷子李

码头上的人，全是硬碰硬。手艺人靠的是手，手上就必得有绝活儿。有绝活儿的，吃荤，亮堂，站在大街中央；没能耐的，吃素，发蔫，靠边待着。这一套可不是谁家定的，它地地道道是码头上的一种活法。自来唱大戏的，都讲究闯天津码头。天津人迷戏也懂戏，眼刁耳尖，褒贬分明。戏唱得

好，下边叫好捧场，像见到皇上，不少名

角便打天津唱红唱紫、大红大紫；可要是

稀松平常，要哪儿没哪儿，戏唱砸了，下边

一准起哄喝倒彩，弄不好茶碗扔上去，茶叶

末子沾满戏袍和胡须上。天下看戏，哪儿也

没天津倒好叫得厉害。您别说不好，这一来

也就练出不少能人来。各行各业，全有几个

本领齐天的活神仙。刻砖刘、泥

人张、风筝魏、机器王、刷子李

等等。天津人好把这种人的姓，

和他们拿手擅长的行当连在一起称呼。叫

长了，名字反没人知道。只有这一个绰号，

在码头上响当当和当当响。

刷子李是河北大街一家营造厂的师傅。

专干粉刷一行，别的不干。他要是给您刷好

一间屋子，屋里任嘛①甭放，单坐着，就赛②

升天一般美。最别不叫绝的是，他刷浆时必

穿一身黑，干完活儿，身上绝没有一个白

点。别不信！他还给自己立下一个规矩，只

_____

①嘛，有"什么"之意，天津方言。

②赛，有"好像"或"似"之意，天津方言。

要身上有白点，白刷不要钱。倘若没这本

事，他不早饿成干儿了？

但这是传说。人信也不会全信。行外的

没见过的不信，行内的生气愣说不信。

一年的一天，刷子李收个徒弟叫曹小

三。当徒弟的开头都是端茶、点烟、跟在屁

股后边提东西。曹小三当然早就听说过师父

那手绝活儿，一直半信半疑，这回非要亲眼

瞧瞧。

那天，头一次跟师父出去干活儿，到英

5

租界镇南道给李善人新造的洋房刷浆。到了

那儿，刷子李跟管事的人一谈，才知道师父

派头十足。照他的规矩一天只刷一间屋子。

这洋楼大小九间屋，得刷九天。干活儿前，

他把随身带的一个四四方方的小包袱打开，

果然一身黑衣黑裤，一双黑布鞋。穿上这

身黑，就赛跟地上一桶白浆较上了劲。

　　一间屋子，一个屋顶四面墙，先刷屋顶

后刷墙。顶子尤其难刷，蘸了稀溜溜粉浆的

板刷往上一举，谁能一滴不掉？一掉准掉在

身上。可刷子李一举
刷子，就赛没有蘸浆。
但刷子划过屋顶，立时
匀匀实实一道白，白得
透亮，白得清爽。有
人说这蘸浆的手法有
高招，有人说这调浆的
配料有秘方。曹小三哪
里看得出来？只见师父
的手臂悠然摆来，悠然

7

摆去，好赛伴着鼓点，和着琴音，每一摆刷，

那长长的带浆的毛刷便在墙面啪地清脆一

响，极是好听。啪啪声里，一道道浆，衔接

得天衣无缝，刷过去的墙面，真好比平平整

整打开一面雪白的屏障。可是曹小三最关心

的还是刷子李身上到底有没有白点。

刷子李干活儿还有个规矩：每刷完一面

墙，必得在凳子上坐一大会儿，抽一袋烟，

喝一碗茶，再刷下一面墙。此刻，曹小三借

着给师父倒水点烟的机会，拿目光仔细搜索

刷子李的全身。每一面墙刷完，他搜索一

遍。居然连一个芝麻大小的粉点也没发现。

他真觉得这身黑色的衣服有种神圣不可侵

犯的威严。

可是，当刷子李刷完最后一面墙，坐

下来，曹小三给他点烟时，竟然瞧见刷子李

裤子上出现一个白点，黄豆大小。黑中白，

比白中黑更扎眼。完了！师父露馅儿了，他

不是神仙，往日传说中那如山般的形象轰

然倒去。但他怕师父难堪，不敢说，也不敢

看，可忍不住还要扫一眼。

这时候，刷子李忽然朝他说话："小三，你瞧见我裤子上的白点了吧。你以为师父的能耐有假，名气有诈，是吧？傻小子，你再细瞧瞧吧——"

说着，刷子李手指捏着裤子轻轻往上一提，那白点即刻没了，再一松手，白点又出现，奇了！他凑上脸用神再瞧，那白点原是一个小洞！刚才抽烟时不小心烧的。里边的白衬裤打小洞透出来，看上去就跟粉浆落

绝活儿

上去的白点一模一样！

刷子李看着曹小三发怔发傻的模样，笑道："你以为人家的名气全是虚的？那你是在骗自己。好好学本事吧！"

曹小三学徒头一天，见到听到学到的，恐怕别人一辈子也未准明白呢！

<ruby>蓝<rt>lán</rt></ruby> <ruby>眼<rt>yǎn</rt></ruby>

古玩行中有对天敌，就是造假画的和看假画的。造假画的，费尽心机，用尽绝招，为的是骗过看假画的那双又尖又刁的眼；看假画的，却凭这双眼识破天机，看破诡计，捏着这造假的家伙没藏好的尾巴尖儿，打一堆画里把它抻出来，晾在光天化日底下。

这看假画的名叫蓝眼。在锅店街裕成

公古玩铺做事，专看画。蓝眼不姓蓝，他姓江，原名在棠，蓝眼是他的外号。天津人好起外号，一为好叫，二为好记。这蓝眼来源于他的近视镜，镜片厚得赛瓶底，颜色发蓝，看上去真赛一双蓝眼。而这蓝眼的关键还是在他的眼上。据说他关灯看画，也能看出真假；话虽有点玄，能耐不掺假。他这蓝眼看画时还真的大有神道——看假画，双眼无神；看真画，一道蓝光。

这天，有个念书打扮的人来到铺子里，

 绝活儿

手拿一轴画。外边的题签上写着"大涤子湖天春色图"。蓝眼看赛没看,他知道这题签上无论写嘛,全不算数,真假还得看画。他唰地一拉,疾如闪电,露出半尺画心。这便是蓝眼出名的"半尺活儿",他看画无论大小,只看半尺。是真是假,全拿这半尺画说话,绝不多看一寸一分。蓝眼面对半尺画,眼镜片唰地闪过一道蓝光,他抬起头问来者:"你打算卖多少钱?"

来者没急着要价,而是说:

"听说西头的黄三爷也临摹过这幅画。"

黄三爷是津门造假画的第一高手。古玩铺里的人全怕他。没想到蓝眼听赛没听，又说一遍：

"我眼里从来没有什么黄三爷。你说你这画打算卖多少钱吧？"

"两条。"来者说。这两条是二十两黄金。要价不低，也不算太高，两边稍稍地你抬我压，十八两便成交了。

打这天起，津门的古玩铺都说锅店街的

绝活儿

裕成公买到一轴大涤子石涛的山水，水墨浅绛，苍润至极，上边还有大段题跋，尤其难得。有人说这件东西是打北京某某王府流落出来的。来卖画的人不大在行，蓝眼却抓个正着。花钱不少，东西更好。这么精的大涤子，十年内天津的古玩行

18

就没现过。那时没有报纸，嘴巴就是媒体，愈说愈神，愈传愈广。接二连三总有人来看画，裕成公都快成了绸缎庄了。

世上的事，说足了这头，便开始说那头。大约事过三个月，开始有人说裕成公那幅大涤子靠不住。初看挺唬人，可看上几遍就稀汤寡水，没了精神。真假画的分别是，真画经得住看，假画受不住瞧。这话传开之后，就有新闻冒出来——有人说这画是西头黄三爷一手造的赝品！这话不是等于拿盆脏

水往人家蓝眼的袍子上泼吗？

蓝眼有根，理也不理。愈是不理，传得愈玄。后来就说得有鼻子有眼儿了。说是有人在针市街一个人家里，看到了这轴画的真品。于是，又是接二连三，不间断有人去裕成公古玩铺看画，但这回是想瞧瞧黄三爷用嘛能耐把蓝眼的眼蒙住的。向来看能人栽跟斗都最来神儿！

裕成公的老板佟五爷心里有点发毛，便对蓝眼说："我信您的眼力，可我架不住外头的闲话，扰得咱铺子整天乱哄哄的。咱是不是找个人打听打听那画在哪儿。要真有张一模一样的画，就想法子把它亮出来，分清楚真假，更显得咱高。"

蓝眼听出来老板没底，可是流言闲语谁也没辙，除非就照老板的话办，真假一齐亮出来。人家在暗处闹，自己在明处赢。

tóng lǎo bǎn zhǎo lái yóu xiǎo wǔ　　yóu xiǎo wǔ shì tiān jīn wèi de
佟老板找来尤小五。尤小五是天津卫的

yì zhī dì lǎo shǔ　　dào chù luàn zuān　　mà shì dōu néng jiào tā ná ěr
一只地老鼠，到处乱钻，嘛事都能叫他拿耳

duo mō dào　　tā men pài yóu xiǎo wǔ qù dǎ ting　　zhuǎn tiān yǒu le xiāo
朵摸到。他们派尤小五去打听，转天有了消

xi　　yuán lái hái zhēn de lìng yǒu yì fú dà dí zi　　yě jiào　　hú
息。原来还真的另有一幅大涤子，也叫《湖

tiān chūn sè tú　　ér qiě zhēn de jiù zài zhēn shì jiē yí gè xìng cuī
天春色图》，而且真的就在针市街一个姓崔

de rén jiā　　tóng lǎo bǎn hé lán yǎn dōu bù zhī dào zhè cuī jiā shì shéi
的人家！佟老板和蓝眼都不知道这崔家是谁。

tóng lǎo bǎn biàn jiào yóu xiǎo wǔ yǐn zhe lán yǎn qù kàn　　lán yǎn bù néng
佟老板便叫尤小五引着蓝眼去看。蓝眼不能

bú qù　　dài dào le nà jiā yí kàn　　yǎn jìng piàn shuā shuā shǎn guò liǎng
不去，待到了那家一看，眼镜片唰唰闪过两

dào lán guāng　　shǎ le
道蓝光，傻了！

zhēn huà yuán lái shì zhè fú　　pù zi li nà fú shì jiǎ zào
真画原来是这幅。铺子里那幅是假造

的！这两幅画的大小、成色、画面，全都一样，连图章也是仿刻的。可就是神气不同——瞧，这幅真的是嘛神气！

他当初怎么打的眼，已经全然不知。此时面对这画，真恨不得钻进地里去。他二十年没错看过一幅。他蓝眼简直成了古玩行里的神。他说真必真，说假准假，没人不信。可这回一走眼，传了出去，那可毁了。看真假画这行，看对一辈子全是应该的，看错一幅就一跟斗栽到底。

他没出声。回到店铺跟老板讲了实话。

裕成公和蓝眼是连在一块的，要栽全栽。佟

老板想了一夜，有了主意，决定把崔家那轴

大涤子买过来，花大价钱也在所不惜。两幅画

都攥在手里，哪真哪假就全由自己说了。但

办这事他们绝不能露面，便另外花钱请个人，

假装买主，跟随尤小五到崔家去买那轴画。

谁料人家姓崔的开口就是天价。不然就自己留

着不卖了。买东西就怕一边非买，一边非不

卖。可是去装买主这人心里有底，因为来时

**绝活儿**

佟老板对他有话："就是砸了我铺子，你也得把画给我买来。"这便一再让步，最后竟花了七条金子才买到手，反比先前买的那轴多花了三倍的钱还多。

待把这轴画拿到裕成公，佟老板舒口大气，虽然心疼钱，却保住了裕成公的牌子。

他叫伙计们把两轴画并排挂在墙上，彻底看个心明眼亮。等

画挂好，蓝眼上前一瞧，眼镜

片唰唰唰闪过三道光。人竟赛根棍子立在那

里。天下的怪事就在眼前——原来还是先前那

幅是真的，刚买回来的这幅反倒是假的！

真假不放在一起比一比，根本分不出

真假——这才是人家造假画的本事，也是最

高超的本事！

可是蓝眼长的一双是嘛眼？肚脐眼？

蓝眼差点一口气闭过去。转过三天，他

把前前后后的事情捋了一遍，这才明白，原

来这一切都是黄三爷在暗处做的圈套，一步

27

**绝活儿**

步叫你钻进来。人家真画卖得不吃亏，假画
卖得比天高。他忽然想起，最早来卖画的那
个书生打扮的人，不是对他说过"黄三爷也
临摹过这幅画"吗？人家有话在先，早就说
明白这幅画有真有假。再看打了眼怨谁？
看来，这位黄三爷不单冲着钱来的，干脆
就是冲着自己来的。人家叫你手攥着真画，
再去买他造的假画。多绝！等到他明白了这
一层，才算明白到家，认栽到底！打这儿起，
蓝眼卷起被袱卷儿离开了裕成公。自此不单

28

天津古玩行没他这号，天津地面也瞧不见他的影子。有人说他得了一场大病，从此躺下，再没起来。栽得真是太惨了！

再想想看，他还有更惨的——他败给人家黄三爷，却只见到黄三爷的手笔，人家的面也没叫他见过呢！

所幸的是，他最后总算想到黄三爷的这一手，死得明明白白。

# 好嘴杨巴

津门胜地，能人如林，此间出了两位卖茶汤的高手，把这种稀松平常的街头小吃，干得远近闻名。这二位，一位胖黑敦厚，名叫杨七；一位细白精朗，人称杨八。杨七杨八，好赛哥俩，其实却无亲无故，不过他俩的爹都姓杨罢了。杨八本名杨巴，由于"巴"与"八"音同，杨巴的年岁长相又

30

比杨七小，人们便错把他当成杨七的兄弟。

不过要说他俩的配合，好比左右手，又非亲

兄弟可比。杨七手艺高，只管闷头制作；杨

**绝活儿**

巴口才好，专管外场照应，虽然里里外外

只这俩人，既是老板又是伙计，闹得却比大

买卖还红火。

　　杨七的手艺好，关键靠两手绝活儿。

　　一般茶汤是把秫米面沏好后，捏一撮芝

麻撒在浮头，这样做香味儿只在表面，愈喝

愈没味儿。杨七自有高招，他先盛半碗秫米

面，便撒上一次芝麻，再盛半碗秫米面，沏

好后又撒一次芝麻。这样一直喝到见了碗底

都有香味儿。

他另一手绝活儿是，芝麻不用整粒的，而是先使铁锅炒过，再拿擀面杖压碎。压碎了，里面的香味儿才能出来。芝麻必得炒得焦黄不煳，不黄不香，太煳便苦；压碎的芝麻粒还得粗细正好，太粗费嚼，太细也就没嚼头了。这手活儿别人明知道也学不来。手艺人的能耐全在手上，此中道理跟写字画画差不多。

可是，手艺再高，东西再好，拿到生意场上必得靠人吹。三分活儿，七分说，死人

**绝活儿**

说活了，破货变好货，买卖人的功夫大半在嘴上。到了需要逢场作戏、八面玲珑、看风使舵、左右逢源的时候，就更指着杨巴那张好嘴了。

那次，李鸿章来天津，地方的府县道台费尽心思，究竟拿嘛样的吃喝才能把中堂大人哄得高兴？京城豪门，山珍海味不新鲜，新鲜的反倒是地方风味小吃，可天津卫的小吃太粗太土，熬小鱼刺多，容易卡嗓子；炸麻花梆硬，弄不好硌牙。琢磨三天，难下决

34

断，幸亏知府大人原是地面上走街串巷的人物，嘛都吃过，便举荐出"杨家茶汤"；茶汤黏软香甜，好吃无险，众官员一齐称好，这便是杨巴发迹的缘由了。

这日下晌，李中堂听过本地小曲莲花落子，饶有兴味，满心欢喜，撒泡热尿，身爽腹空，要吃点心。知府大人忙叫"杨七杨八"献上茶汤。今儿，两人自打到这世上来，头次里外全新，青裤青褂，白巾白袜，一双手拿碱面洗得赛脱层皮那样干净。他

俩双双将茶汤捧到李中堂面前的桌上，

然后一并退后五步，垂手而立，说是听候吩

咐，实是请好请赏。

李中堂正要尝尝这津门名品，手指尖

将碰碗边，目光一落碗中，眉头忽地一皱，

面上顿起阴云，猛然甩手，啪地将一碗茶汤

打落在地，碎瓷乱飞，茶汤泼了一地，还冒着

热气儿。在场众官员吓蒙了，杨七和杨巴

慌忙跪下，谁也不知中堂大人为嘛犯怒。

当官的一个比一个糊涂，这就透出杨

巴的明白。他眨眨眼，立时猜到中堂大人

以前没喝过茶汤，不知道撒在浮头的碎芝麻

是嘛东西，一准当成不小心掉上去的脏

土，要不哪会有这大的火气？可这样，难题

就来了——

倘若说这是芝麻，不是脏东西，不等于

骂中堂大人孤陋寡闻，没有见识吗？倘若不

加解释，不又等于承认给中堂大人吃脏东

西？说不说，都是要挨一顿臭揍，然后砸饭

碗子。而眼下顶要紧的，是不能叫李中堂开

kǒu shuō nà shì zāng dōng xi　dà ren shuō huà　bù néng gǎi kǒu　bì
口说那是脏东西。大人说话，不能改口。必

xū gǎn jǐn xiǎng zhé　qiǎng zài qián tou shuō
须赶紧想辙，抢在前头说。

yáng bā de nǎo jīn fēi kuài de yí zhuàn liǎng zhuàn sān zhuàn　zhǔ
杨巴的脑筋飞快地一转两转三转，主

yi lái le　zhǐ jiàn tā nǎo dai zhuàng dì　dōng dōng dōng kòu de shān
意来了！只见他脑袋撞地，咚咚咚叩得山

响，一边叫道："中堂大人息怒！小人不知

道中堂大人不爱吃压碎的芝麻粒，惹恼了大

人。大人不计小人过，饶了小人这次，今后

一定痛改前非！"说完又是一阵响头。

李中堂这才明白，刚才茶汤上那些黄

渣子不是脏东西，是碎芝麻。明白过后便

想，天津卫九河下梢，人性练达，生意场

上，心灵嘴巧。这卖茶汤的小子更是机敏过

人，居然一眼看出自己错把芝麻当作脏土，

而三两句话，既叫自己明白，又给自己面子。

这聪明在眼前的府县道台中间是绝没有的，

于是对杨巴心生喜欢，便说：

"不知道当无罪！虽然我不喜欢吃碎芝麻（他也顺坡下了），但你的茶汤名满津门，也该嘉奖！来人呀，赏银一百两！"

这一来，叫在场所有人摸不着头脑。茶汤不爱吃，反倒奖巨银，为嘛？傻啦？杨巴趴在地上，一个劲儿地叩头谢恩，心里头却一清二楚全明白。

自此，杨巴在天津城威名大震。那"杨

家茶汤"也被人们改称作"杨巴茶汤"了。

杨七反倒渐渐埋没，无人知晓。杨巴对此毫

不内疚，因为自己成名靠的是自己一张好

嘴，李中堂并没有喝茶汤呀！

# 神医王十二

天津卫是码头。码头的地面疙疙瘩瘩可

不好站，站上去，还得立得住，靠嘛呢——

能耐？一般能耐也立不住，得看你有没有非

常人所能的绝活儿。换句话说，凡是在天津

站住脚的，不管哪行哪业，全得有一手非凡

的绝活儿，比方瞧病治病的神医王十二。

要说那种"妙手回春"的名医，城里

城外一捡一筐，可这只是名医而已，王十二人家是神医。神医名医，一天一地。神在哪儿，就是你身上出了毛病，急病，急得要死要活，别人没法儿，他有法儿，而且那法儿可不是原先就有的，是他灵光一闪，急中生智，信手拈来，手到病除。

王十二这种故事多着呢，这儿不多说，只说两段。一段在租界小白楼，一段在老城西马路。先说租界这一段。

这天王十二在开封道上走，忽听有人

尖叫。一瞧，一个在道边套烟筒的铁匠两手

捂着左半边脸，痛得大喊大叫。王十二疾步

过去问他出了嘛事，这铁匠说："铁渣子崩进

眼睛里了，我要瞎了！"王十二说："别拿手

揉，愈揉扎得愈深，你手拿开，睁开眼叫我

瞧瞧。"铁匠松开手，勉强睁开眼，一小块

黑黑的铁渣子扎在眼球子上，冒泪又流血。

王十二抬起头往两边一瞧，这条街全是

各样的洋货店，王十二喜好洋人新鲜的玩意

儿，常来逛。他忽然目光一闪，也是灵光

一闪，只听他朝着铁匠大声说："两手别去

碰眼睛，我马上给你弄出来！"扭身就朝一

家洋杂货店跑去。

王十二进了一家洋货店的店门，伸出右

手就把挂在墙上一样东西摘下来，顺手将

左手拿着的出诊用的绿绸包往柜台上一撂，

说:"我拿这包做押,借你这玩意儿用用,用完马上还你!"话没说完,人已夺门而出。

王十二跑回铁匠跟前说:"把眼睁大!"铁匠使劲一睁眼,王十二也没碰他,只听叮的一声,这声音极轻微也极清楚,跟着听王十二说,"出来了,没事了。你眨眨眼,还疼不疼?"铁匠眨眨眼,居然一点不疼了,跟好人一样。再瞧,王十二捏着一块又小又尖的铁渣子举到他面前,就是刚在他眼里那块要命的东西!不等他谢,王十二

已经转身回到那洋货店，跟着再转身出来，

胳肢窝夹着那个出诊用的绿绸包朝着街东头

走了。铁匠朝他喊："您用嘛法儿给我治好

的？我得给您磕头呵！"王十二头也没回，

只举起手摇了摇。

铁匠纳闷，到洋货店里打听。店员指着

墙上边一件东西说："我们也不知道是怎

么回事，他就说借这东西用用，不会儿就

送回来了。"

铁匠抬头看，墙上挂着这东西像块马

<sub>tí tiě</sub> <sub>kě shì hěn báo</sub> <sub>kàn shàng qù tǐng jiǎng jiu</sub> <sub>guāng liàng liū</sub>
蹄铁，可是很薄，看上去挺讲究，光亮溜

<sub>huá</sub> <sub>zhōng duàn tú zhe hóng qī</sub> <sub>zài kàn</sub> <sub>shàng bian méi dīng zi yǎn</sub>
滑，中段涂着红漆；再看，上边没钉子眼

<sub>er</sub> <sub>bú shì mǎ tí tiě</sub> <sub>tiě jiàng yù qiáo yù bù míng bai</sub> <sub>wèn diàn</sub>
儿，不是马蹄铁。铁匠愈瞧愈不明白，问店

<sub>yuán dào</sub> <sub>yáng rén jiù shǐ tā zhì yǎn</sub>
员道："洋人就使它治眼？"

49

店员说:"还没有听说它能治眼! 这是个能吸铁的物件,洋人叫吸铁石。"店员说着从墙上把这东西摘下来,吸一吸桌上乱七八糟的铁物件——铁盒、铁夹子、钉子、钥匙,还有一个铁丝眼镜框子,竟然全都叫它吸在上边,好赛有魔法。铁匠头次看见这东西——见傻。

原来王十二使它把铁匠眼里的铁渣子吸下来的。

可是,刚刚那会儿,王十二怎么忽然想

起用它来了？

神不神？神医吧！再一段更神。

这段事在老城西那边，也在街上。

那天一辆运菜的马车的马突然惊了，横冲直撞在街上狂奔，马夫吆喝拉缰都弄不住，街两边的人吓得往两边跑，有胡同的地方往胡同里钻，没胡同的往树后边躲，连树也没有的地方就往墙根扎。马奔到街口，迎面过来一位红脸大汉，敞着怀，露出滚圆

锃亮的肚皮，一排黑胸毛，赛一条大蜈蚣趴

在当胸。有人朝他喊："快躲开，马惊了！"

谁料这大汉大叫："有种往你爷爷胸口

上撞！"看样子这汉子喝高了。

马夫急得在车上喊："要死人啦！"

跟着，一声巨响，像撞倒一面墙，把

大汉撞飞出去，硬摔在街边的墙上，紧紧

趴在墙上边。马车接着往前奔去，大汉虽然

没死，却趴在墙上下不来了，他两手用力

撑墙，人一动不动，难道叫嘛东西把他钉在

qiáng shang le
墙 上 了？

rén men shàng qù yì qiáo　yuán lái lèi chà zi zhuàng duàn　duàn
人们上去一瞧，原来肋叉子撞 断，断

le de lèi tiáo chuān pí ér chū　zhèng qiǎo chā jìn zhuān fèng　zhuàng jìn
了的肋条穿皮而出，正巧插进砖缝， 撞劲

tài dà　chā de tài shēn　bá bu chū lái　dà hàn tòng de jí de
太大，插得太深，拔不出来。大汉痛得急得

dà hǎn dà jiào
大喊大叫。

yí gè rén rǎng zhe　nǐ zài shǐ jìn bá　dù zi li de zhōng
一个人嚷着："你再使劲拔，肚子里的中

qì sàn le　rén jiù wán la
气散了，人就完啦！"

lìng yí gè rén jiào zhe　bù néng shǐ jìn　lèi chà zi bāi duàn
另一个人叫着："不能使劲，肋叉子掰断

le　rén jiù cán le
了，人就残了！"

shéi yě méi pèng guo zhè shì　shéi yě méi fǎ er
谁也没碰过这事，谁也没法儿。

## 绝活儿

大汉叫着："快救我呀，我这个王八蛋要死在这儿啦！"声音大得震耳朵。有几个人撸袖子要上去拽他。

这时，就听不远处有人叫一声："别动，我来。"

人们扭头一瞧，只见不远处一个小老头儿朝这边跑来。这小老头儿光脑袋，灰夹袍，腿脚极快。有人认出是神医王十二，便说："有救了。"

只见王十二先往左边，两步到一个剃头摊前，把手里那出诊用的小绿绸包往剃头匠手里一塞说："先押给你。"顺手从剃头摊的架子上摘下一块白毛巾，又在旁边烧热水的铜盆里一浸一捞，便径直往大汉这边跑来。

他手脚麻利，这几下都没耽误工夫，手里的白手巾一路滴着水儿、冒着热气儿。

王十二跑到大汉身前，左手从后边搂大汉的腰，右手把滚烫的湿手巾往大汉脸上一

捂，连鼻子带嘴紧紧捂住，大汉给憋得大叫，

使劲挣，王十二死死搂着捂着，就是不肯放

手。大汉肯定脏话连天，听上去却呜呜地赛

猪嚎。只见大汉憋得红头涨脸，身子里边的

气没法从鼻子和嘴巴出来，胸膛就鼓起来，

愈鼓愈大，大得吓人，只听砰的一声，钉在

墙缝里的肋叉子自己退了出来。王十二手一

松，大汉的劲也松了，浑身一软，坐在地上，

出了一声："老子活了。"

王十二说："赶紧送他瞧大夫去接骨头

ba
吧。"转身去把白手巾还给剃头匠，取回自

jǐ nà chū zhěn yòng de lù chóu bāo zǒu le hǎo sài mà shì méi yǒu guo
己那出诊用的绿绸包走了，好赛嘛事没有过。

zài chǎng de rén quán kàn de mù dèng kǒu dāi zhǐ yí wèi lǎo rén
在场的人全看得目瞪口呆。只一位老人

kàn chū mén dao tā shuō wáng shí èr yé zhè fǎ er shì yòng zhè
看出门道，他说："王十二爷这法儿，是用这

汉子自己身上的劲把肋条从墙缝里抽出来

的。外人的劲是拗着自己的，自己的劲都是

顺着自己的。"这老人寻思一下又说，"可是

除去他，谁还能想出这法子来？"

人想不到的只有神，所以天津人称他神

医王十二。

# 四十八样

天津人灵，把药材弄到糖里，好吃又治病，这糖叫作药糖。

药糖在清末民初时流行起来，传到北京，广受欢迎。买卖二字，一因一果，有人吃就有人做，有人买就有人卖。于是，津京两地冒出了不少能人干这事，一是想出法儿来把各种草药弄进糖里，各色各味好看好吃

的药糖愈来愈多；一是在"卖"上边想尽花

活儿，或用说功唱功，或使江湖杂艺，为

的是招人迎人取悦于人，叫人高高兴兴掏钱

把药糖撂到嘴里。

天津人和北京人不同，卖药糖的法儿也

不同。北京是官场，人们心里边全是大大小

小的官儿，喜欢官场的是是非非。故此，在

天桥卖药糖的"大兵黄"最招人的一手是骂

官。站在那儿，破口大骂，从段祺瑞到张勋

再到袁世凯，哪个官大骂哪个，别人不敢骂

的他敢骂。他的糖自然卖得好。

天津是市井，百姓心里边就是生活——

吃喝玩乐，好吃好喝好玩和有乐子的事都喜

欢，还爱看绝活儿，这卖药糖的本事就五花

八门了。有说段子的，有说快板的，有变戏

法的，有献演武功杂耍车技打弹弓子的，连

吆喝起来都有腔有调一套一套。

鼓楼前有个卖药

糖的叫俞六，宝坻县

人，脑瓜好使，两只

手特别能干。他和别人不一样，他的功夫不

在"卖"上，都在"糖"里边。他在家门口

摆摊卖药糖，不说不唱不吆喝，就在一个桌

上摆几排长长的带木框的玻璃盒子，中间

隔开，每格里边一种糖，上边是镶玻璃的盒

盖，隔着透明的盒盖看得见各色的药糖；你

买哪样，他就掀开哪个盒盖，使镊子夹出几

块，放进纸兜给你，没有花样，不会哄人高

兴，可是他的糖好——色艳，味厚，有模有

样，味道各异，不单有各种药材如茶膏、丹

guì xiān jiāng hóng huā méi gui dòu kòu jú pí shā rén
桂、鲜姜、红花、玫瑰、豆蔻、橘皮、砂仁、

lián zǐ là xìng rén bò he hái bǎ hǎo chī de shuǐ guǒ yě chān
莲子、辣杏仁、薄荷，还把好吃的水果也掺

huo jìn qù bǐ fang yā lí táo zi lǐ zi shì zi pí
和进去，比方鸭梨、桃子、李子、柿子、枇

pa xiāng jiāo yīng tao suān méi suān zǎo xī guā děng děng
杷、香蕉、樱桃、酸梅、酸枣、西瓜等等。

可是做买卖单靠真材实料不行，还得会卖。

虽说他的药糖样儿最多，最全，总共四十八样，可是只摆在自家门口，这城里城外能有几个人知道？一提天津卫卖药糖的，第一王宝山，第二李傻子，第三连化清，一直往下数到大沽口，也瞧不见俞六的影子。

他的一个街坊刘二爷是位老到的人，读过书没当过官，做买卖赚点钱，早早收手在家坐享清福。一天碰到俞六便说："你会做糖却不会卖糖。你不能总守在家门口摆摊呀。"

俞六说:"我也想走街串巷,可我嘴笨,说说唱唱全不会,也没别的功夫招人喜欢。"

刘二爷说:"人家有的,你未必再有,学人家就不是绝活儿了。你不是本地人不知道,天津人认绝活儿,服绝活儿。"

俞六说:"可这绝活儿哪儿找去?"

刘二爷说:"没处找。绝活儿一是琢磨出来的,一是练出来的。"

"咋学咋练?"俞六还没全明白。

刘二爷笑道:"要我说,琢磨——你就得琢磨使嘛新鲜玩意儿把你这四十八样亮出来;练——你就得琢磨使嘛法子招人来买。比方,你能不能不使镊子,天津卫卖药糖的手里全捏着这么个东西。"

俞六不是木头疙瘩。这两句话点石成金。没多久,俞六把刘二爷请到家喝杯茶,吃几块药糖,然后领刘二爷到后院一看,刘二爷立马眼前一亮。院中间放一个挑儿,一根扁担,两个桶柜,柜子上是一圈放药糖

de xiǎo fāng hé　　měi gè hé li yì zhǒng táng　　hé shàng bian yǒu gè
的 小 方 盒 ， 每 个 盒 里 一 种 糖 。 盒 上 边 有 个

gài er　　dài hé yè　　kě yǐ xiān　　zhè yì quān xiǎo hé zǒng gòng
盖 儿 ， 带 合 页 ， 可 以 掀 ； 这 一 圈 小 盒 总 共

èr shí sì gè　　liǎng gè tǒng guì zhèng hǎo sì shí bā yàng
二 十 四 个 ， 两 个 桶 柜 正 好 四 十 八 样 。

tǒng guì de dáo chi qián suǒ wèi jiàn　　tí liáng shàng bian gè diāo yī
桶 柜 的 捯 饬 前 所 未 见 。 提 梁 上 边 各 雕 一

个龙头，龙面相向，瞪眼龇牙，横梁正中

一个锃亮的金珠，这叫二龙戏珠。龙头上还

伸出两根弹簧，拴着红绒球，为的是挑起来

一走，绒球就随着脚步一颠一颤。不知俞六

从哪儿请来一位好漆工，把桶柜漆得油黑锃

亮，上边使金漆写着"俞家药糖，四十八样"

八个大字。每个糖盒的玻璃盖上还全用红漆

写上糖名，玻璃盖下的药糖五颜六色。这样

的药糖柜在街上一晃，保管全震！刘二爷看

得高兴，夸赞道："好赛从宫里挑出来的。"

跟着俞六演了一手"卖糖"把式。他左手拿个纸兜,右手的大拇指和食指捏个小铜勺——他可真不用镊子了。上去,绕着两个桶柜各转一圈,顺手用右手的无名指一挑盒盖,小铜勺就从盒里舀出一块糖到纸兜里;挑盒盖麻利无比,舀药糖灵巧之极,比得上变戏法的快手刘的小碗扣球。单看这"卖法",不吃糖,花点钱也值了。

刘二爷从中看得出俞六的用心与练功之苦,高兴地说:"行了,你可以出山了,

四十八样要成名了。"

第二天，俞六挑这挑子走出家门，城里城外，河东水西，宫南宫北，九个租界一转，立时名满津门。他还置了一身好行头，青裤白褂，皂鞋净袜；他挑着这对天下独有的花桶，一走一颤行在街头，还有洋人拿照相盒子给他照相呢。

可俞六没神气多久，就听说河东出现一个担挑卖药糖的，也用两个龙头漆桶，也叫"四十八样"。这一来，他的四十八样可

就算不上独门绝技了。他心里发急，去找

刘二爷请教。刘二爷说："你不学人，可挡

不住别人学你，你得叫人想学学不去，那才

叫绝活儿。"

三个月后俞六亮出一个新把式，叫走八字。原先他从桶柜取糖时，右手拿勺，人总往里怀转，不好看；现在他改成走八字，从一个桶左面绕过去，再从另一个桶右面绕回来，桶和人位置一变，两只手的家伙跟手就换，就像皇会里茶炊子的换肩。这一改，走八字，两手换"活儿"，把式出了花样，别忘了——还能吃到他俞六四十八样色鲜味正的药糖呢！这点钱谁不想花？

可不久，听说又有人开始练这走八字的

把式了。俞六憋了几个晚上，再想出一招，

就在每个桶中间加几个糖盒，里边全是半块

的糖。他想在四十八样外再奉送半块，这

半块由买主自选，人家要哪样，他就上去

一掀一舀取出哪样。

他拿着这个新主意去请教刘二爷。

刘二爷听了笑哈哈，说道："你这法子早

晚还得给人学去。我送你一个法子吧。"说

完，给他用纸写了几句词，递给俞六说，"你

**绝活儿**

　　yě bú yòng chàng　　zhǐ yào bèi xià lái　　zǒu zhe bā zì shí bǎ tā cǎi
也不用唱，只要背下来，走着八字时把它踩

　　zhe diǎn niàn chū lái jiù xíng le
着点念出来就行了。"

　　　　yú liù yí kàn　　shì liù jù
　　俞六一看，是六句：

　　　　　　　　tiān jīn yào táng jiā jiā hǎo
　　　　　　　天津药糖家家好

　　　　　　　　sì shí bā yàng shǔ dì yī
　　　　　　　四十八样数第一

　　　　　　　　yí sè yí wèi kuài kuài xiāng
　　　　　　　一色一味块块香

　　　　　　　　zài ráo bàn kuài suí nín yì
　　　　　　　再饶半块随您意

　　　　　　　　yú jiā néng nai bù chuán nǚ
　　　　　　　俞家能耐不传女

　　　　　　　　shéi wǒ ér zi shéi xué yì
　　　　　　　谁我儿子谁学艺

俞六不是天津人，不懂天津人这几句嘎

话里，有打趣逗笑，也暗含着骂人，挺厉害。

他心里有点疑惑。刘二爷看了出来，说："放

心去用，不会再有人敢招你了。"

俞六说："您开头就帮我，已经多回了。

这次成了，我管您一辈子药糖。"

第二天俞六卖糖走八字时，便把刘二爷

这六句念一遍，一回生，二回熟，熟能生

巧，渐渐跟上步点，走起来挺好看，像徐策

### 绝活儿

跑城①。买糖的人围观的人听了都笑，有人

说："听你这几句，谁再敢偷艺谁就是你儿子

了。"旁观的人都跟着笑。

俞六才明白这一招把他的绝活儿立住

了。更明白天津人说话的妙处——既厉害又

幽默，既幽默又厉害。单厉害不受听，单幽

默不给劲。自今而后，果然再没有人学他。

他感激刘二爷，天天给刘二爷送糖，一天六

块，一天换一样，八天一轮，正好四十八样。

---

①《徐策跑城》是一出京剧传统戏。

<ruby>多<rt>duō</rt></ruby> <ruby>少<rt>shao</rt></ruby> <ruby>年<rt>nián</rt></ruby> <ruby>来<rt>lái</rt></ruby> <ruby>一<rt>yì</rt></ruby> <ruby>直<rt>zhí</rt></ruby> <ruby>送<rt>sòng</rt></ruby> <ruby>下<rt>xià</rt></ruby> <ruby>去<rt>qù</rt></ruby>。

<ruby>俞<rt>yú</rt></ruby> <ruby>六<rt>liù</rt></ruby> <ruby>有<rt>yǒu</rt></ruby> <ruby>妻<rt>qī</rt></ruby> <ruby>无<rt>wú</rt></ruby> <ruby>子<rt>zǐ</rt></ruby>，<ruby>他<rt>tā</rt></ruby> <ruby>的<rt>de</rt></ruby> <ruby>手<rt>shǒu</rt></ruby> <ruby>艺<rt>yì</rt></ruby> <ruby>绝<rt>jué</rt></ruby> <ruby>活<rt>huó</rt></ruby> <ruby>儿<rt>er</rt></ruby> <ruby>后<rt>hòu</rt></ruby> <ruby>继<rt>jì</rt></ruby> <ruby>无<rt>wú</rt></ruby> <ruby>人<rt>rén</rt></ruby>。<ruby>可<rt>kě</rt></ruby> <ruby>到<rt>dào</rt></ruby> <ruby>他<rt>tā</rt></ruby> <ruby>死<rt>sǐ</rt></ruby> <ruby>后<rt>hòu</rt></ruby>，<ruby>刘<rt>liú</rt></ruby> <ruby>二<rt>èr</rt></ruby> <ruby>爷<rt>yé</rt></ruby> <ruby>还<rt>hái</rt></ruby> <ruby>活<rt>huó</rt></ruby> <ruby>着<rt>zhe</rt></ruby>，<ruby>人<rt>rén</rt></ruby> <ruby>说<rt>shuō</rt></ruby> <ruby>刘<rt>liú</rt></ruby> <ruby>二<rt>èr</rt></ruby> <ruby>爷<rt>yé</rt></ruby> <ruby>长<rt>cháng</rt></ruby> <ruby>寿<rt>shòu</rt></ruby>，<ruby>就<rt>jiù</rt></ruby> <ruby>是<rt>shì</rt></ruby> <ruby>因<rt>yīn</rt></ruby> <ruby>为<rt>wèi</rt></ruby> <ruby>长<rt>cháng</rt></ruby> <ruby>年<rt>nián</rt></ruby> <ruby>吃<rt>chī</rt></ruby> <ruby>俞<rt>yú</rt></ruby> <ruby>六<rt>liù</rt></ruby> <ruby>的<rt>de</rt></ruby> <ruby>药<rt>yào</rt></ruby> <ruby>糖<rt>táng</rt></ruby>。

# 一 阵 风

三岔河口那边那块地，各种吃的穿的用的玩的应有尽有，无奇不有。码头上的东西，一半是本地的特产，一半是南来北往的船儿捎来的新鲜货；外来的玩意儿招引当地人，本地的土产招引外来客。于是，走江湖卖艺的都跑到这儿来赚钱吃饭，吃饭赚钱。可是，要想在这儿立足就不易了。谁知道嘛时候忽然站出一位能人高人奇人，把你一脚踢一个跟斗。

民国元年，一位打山东来的跤手无敌手。个子大赛面墙，肩厚似牛臀，臂粗如大腿，光头圆脸冒红光，浑身的肌肉一使劲，好比上上下下到处肉球，再动两下，肉球满身乱滚。这小子拿手的本事是摔跤时，两手往对手肩上一搭，就紧紧抓住，腰一给劲，就把对手端起来。你两脚离地使不上劲，他胳膊长你踢不上他，你有再好的跤法

也用不上。他呢？端着你一动不动，你再沉

再重也没他劲大。等你折腾够了，他把你往

地上一扔，就赛给他玩够的小猫小狗，扔在

一边。据说他这手是从小练的一个怪招：端

缸。他爹是烧瓦缸的，开头叫他端小缸，天

天端着缸在院里转；等他端缸赛端鸡笼子，

便换大一号的缸，愈换愈大，直到端起荷花

缸赛端木桶，再往里边加水，每十天加一瓢

水，等到他端着一缸水在院里如闲逛，这门

天下罕见的功夫就练成了。天津的好跤手挺

多，可是没人想出能治他的法儿来。

别以为这端缸的山东小子能在三岔河口站住脚。一天，打河北沧州来一位凶悍的汉子，这汉子是练铁砂掌的。人挺黑，穿一件夏布褂子，更显黑；乱糟糟连鬓大胡子，目

光凶狠，一看就知不是善茬。这人过去谁也没见过，他在山东小子面前一站嘛话没说，把夏布褂子脱下

往后一扔，露出一身肉赛紫铜，黑红黑红，

亮得出奇，肉怎么能这么亮？可是，端缸的

山东小子没把他当回事，出手往他肩上一

搭，跟手一抓，怪事出来了，居然没抓住；

再一抓，还是没抓住，这黑汉子肩上的肉滑

不哧溜，赛琉璃瓦，山东小子没遇到过这种

肩膀这种肉，唰唰唰连抓三下，竟赛抓鱼，

他忽觉不好——原来这黑汉子半个身子涂了

挺厚的一层油，怪不得这么亮这么滑！可是

抓不住对方的肩，端不起来，他的功夫就用

不上了。就在他一惊一怔之间，这汉子双

掌疾出，快如闪电，击在他的当胸，他还没

明白过来，只觉胸膛一热，已经坐在五尺开

外的地上，耳听围观的人一片叫好。

从这天起，三岔河口这块地，这沧州来

的黑汉子是爹。

每天都有人不服，上来较量，个个叫这

黑汉子打得像挨揍的儿子。这汉子双掌又

快又重，能受他一掌的只待高人。

没想到半个月后就有一位怪人站在他

duì miàn
对面。

zhè rén sài gè wén rén　　qīng shòu xiǎo lǎo tóu er　　chuān jiàn
这人赛个文人，清瘦小老头儿，穿件

guāng liū liū dàn qīng sè chóu páo　　yì shēn qīng qì lì zài nà er　　yǎn
光溜溜蛋青色绸袍，一身清气立在那儿，眼

jiǎo zuǐ jiǎo dài zhe xiào　　méi děng hēi hàn zi kāi kǒu　　tā jiào shēn biān
角嘴角带着笑。没等黑汉子开口，他叫身边

yí gè xiǎo huǒ zi bāng tā tuō qù wài bian de cháng páo　　gēn zhe zài bǎ
一个小伙子帮他脱去外边的长袍，跟着再把

zhè cháng páo chuān shàng　　kě zài chuān shàng cháng páo shí　　tā jiù bǎ
这长袍穿上。可再穿上长袍时，他就把

liǎng tiáo gē bo tào zài páo zi lǐ miàn　　zhǐ jiào liǎng tiáo cháng cháng de xiù
两条胳膊套在袍子里面，只叫两条长长的袖

zi kōng kōng chuí zài jiān bǎng liǎng biān　　xiàng liǎng gēn bù tiáo　　hēi hàn
子空空垂在肩膀两边，像两根布条。黑汉

zi shuō　　nǐ zhè jiào zěn me yí gè dǎ fǎ
子说："你这叫怎么一个打法？"

xiǎo lǎo tóu er dàn dàn yí xiào　　shuō　　jūn zǐ dòng kǒu bú dòng
小老头儿淡淡一笑，说："君子动口不动

84

shǒu　　　wǒ jué bú yòng shǒu dǎ nǐ　　　zhè kǒu qì tòu zhe ào qì
手，我绝不用手打你。"这口气透着傲气。

hēi hàn zi shuō　　zhēn bú yòng shǒu　　nà me zán shuō hǎo
黑汉子说："真不用手？那么咱说好

le　　　bú shì wǒ bú jiào nǐ yòng shǒu　　wǒ kě jiù bú kè qi le
了——不是我不叫你用手，我可就不客气了。"

xiǎo lǎo tóu er shuō　　yǒu běn shi jiù lái ba
小老头儿说："有本事就来吧。"

黑汉子说句"承让"，上去呼呼几掌，

每掌只要扫上，都叫小老头儿够呛。可是黑

汉子居然一掌也没打上，全叫小老头儿躲闪

过去。黑汉子运气使力，加快出掌，可是他

出手愈快，小老头儿躲闪愈灵。一个上攻

下击，一个闪转腾挪，围观的人看得出小老

头儿躲闪的本领更高，尤其是那翻转、那腾

跳、那扭摆，比戏台上跳舞的花旦好看。黑

汉子打了半天，好像凭空出掌。拳掌这东

西，打上了带劲，打不上泄劲。一会儿黑

汉子就累得呼呼喘了。尤其小老头儿的空袖子，随身飞舞，在黑汉子的眼里，哗哗的，花花的，渐渐觉得好赛和好几个小老头儿在打，直到打得他气短力竭，浑身冒汗，才住手，说了一句："我服您了。"

小老头儿依旧刚才那样，垂着两条空袖笑吟吟、气定神闲地站在那里。他一招没使，没动手，就把黑汉子制服了。这小老头儿是谁，从哪儿来，谁也不知。但是打这天起，三岔河口又改名换姓，小老头儿称雄。

有人不服，上来较量，小老头儿还是不出

手，就凭着闪转腾挪和两条飞舞的空袖子，

叫对手自己有劲没处使，自己把自己累趴下。

看来小老头儿要在这块地立一阵子，没

过十天，又一位高人冒出来了。

谁也没留神，这些天一位高人一直扎在

人群里，欣赏着小老头儿"动口不动手"的

绝技，琢磨其中的诀窍，也找破绽。这人年

轻健朗，穿件白布对襟褂，黑布裤，挽着裤

腿，露出的腿肚子像块硬邦邦的圆石头。这

种 装束的人在三岔河口一带随处可见——

船夫。他们使桨掌舵扯缆扬帆，练达又敏

捷，逢到黑风白浪，几下就爬到桅杆顶尖，

比猴子还快。可是要想和练武的人——尤其

小老头儿较量较量，胜负就难说了。

看就看谁比谁绝。

这船夫一上来双手拱一拱拳，就开

打。小老头儿照例闪转腾挪，叫这船夫沾

不上自己的边儿。小老头儿这双空袖子绝

的是，舞起来叫人眼花缭乱，不知该对他往

哪儿出拳使掌。袖子是空的，打上也没用。

可是谁料这船夫要的正是这双长袖子。他

忽地伸手抓住左边的衣袖，一阵风似绕到小

老头儿身后，再抓住右边的衣袖，飞快地跑

到小老头儿身后，把两条袖子结个扣儿，这

个扣儿是活扣儿，懂眼的人一看便知，这是

系船的绳扣儿。别看是活扣儿，愈使劲挣，

扣儿愈死。待这袖子赛绳子扎得死死的，小

老头儿可就跟棍子一样戳在地上。船夫上

去一步蹬上小老头儿，两脚站在小老头儿

双肩上。小老头儿看出不妙，摇肩晃膀，

想把这船夫甩下来。可是船夫任他左晃右

晃，笑嘻嘻绞盘着手臂，稳稳地一动不动。

船夫整天在大风大浪的船板上，最不怕摇

晃。一直等到小老头儿没劲再晃，站老实

了，才跳下来，伸手两下给小老头儿解开衣

袖，转身便走。

从此，小老头儿人影不见，这船夫也不

见再来。这船夫姓甚名谁？哪门哪派？家在

何方呢？

渐渐有了传闻，说这人家在北塘，没人知道他练过功夫，只说他是个好船夫，在白河里来来往往二十年，水性好，身手快，绰号一阵风。有人说前些天在大直沽那边碰见过他，问他为嘛不在三岔河口地上画个圈，显显身手，多弄点钱。一阵风说，天津这码头太大，藏龙卧虎，站在那儿不如站在船上更踏实。

# 导 读

樊丛辉

河南省第二实验中学小学部教科研主任

　　这是《俗世奇人·彩绘拼音版》系列中的一册，名为《绝活儿》，另两本为《高人》和《传奇》。如果说《高人》看"人"，《传奇》看"奇"，那么，《绝活儿》看什么呢？自然是看"技"了。在这几篇短小精悍、让人回味无穷的故事里，你将读到令人瞠目结舌的情节，遇见许多出神入化的奇人，见识那些非同凡响的"绝活儿"。

　　本书的作者冯骥才先生从小生活在天津，对发生在这里的故事听得多，见得多，长记在心。后来，他根据自己的所听所感，惟妙惟肖地记录下这群生活在市井民间小人物的奇闻妙事，并集成一本书，名为《俗世奇人》。

　　我们来看一下，《绝活儿》这本书中描绘了哪些人物呢？他们各有什么本事？他们的"绝活儿"是否已经深深地刻在你们的脑子里了？

　　《刷子李》中的主人公刷子李，刷浆时必穿一身黑，干完活儿身上绝没有一个白点。他还立下一个规矩，只要身上有白点，白刷不要钱。

　　他的徒弟曹小三刚入行，对师父的绝活儿半信半疑。一次，师父带他去刷浆，等师父刷完最后一面墙，曹小三忽然发现师父的裤子上出现一个白点！刷子李看透了他的心思，告诉他，这不是白点……曹小三这才确信师父的绝活儿真不是虚的。

《蓝眼》讲一个能看出假画的行家蓝眼的故事。他从不失手，可有一次却看走眼了。这是怎么回事呢？有人到蓝眼做事的古玩铺里卖画，蓝眼确认这幅画是真的。卖画的告诉他，津门造假画的黄三爷也临摹过这幅画，可蓝眼毫不在意，买下了这幅画。没过多久，他发觉买下来的这幅画是假的，于是又用重金将真画买来对比，这才明白，他中了黄三爷的圈套。

原来，蓝眼有看画的真本事，而这造假画的也有真本事——真假画不放在一起比一比，根本分不出真假！

《好嘴杨巴》讲李鸿章来天津，地方官员费尽心思，找到了卖好茶汤的杨七、杨八（杨巴）兄弟来服侍。茶汤端过来，李中堂只看了一眼便摔在地上。别人都猜不出原因，只有杨巴连忙跪下，因为他立马想到，李中堂不知道那茶汤上面浮着的"灰尘"其实是碾碎的芝麻。他用一张巧嘴巧妙地化解了"危机"，非但没有受到责罚，反而得了赏钱。

《神医王十二》中的主人公之所以被称为"神医王十二"，是因为他治病的方法绝妙，手到病除，令人惊叹。他能够具体问题具体分析、具体解决：对眼中有铁屑的铁匠，他用吸铁石；对肋骨插入墙缝的醉酒者，他用热毛巾捂其口鼻，让其通过自己的力量把肋骨拔出来。

他总是能够急中生智，想出最佳治疗方法，还善于接受新鲜事物，遇到病患主动上前帮助，不求任何回报。这样的人是真的有绝活儿！

《四十八样》讲了一个经营"药糖"的故事：天津人非常聪明，把药材弄到糖里，好吃又治病，这糖叫作药糖。有一个手艺人叫俞六，他在刘二爷的指点下总能想出十分新奇的卖糖方法，可总是被人学走。于是，刘二爷帮他想出一个好办法，终于让他把这一招绝活儿给立住了。

　　这个办法"好"在哪里呢？

　　《一阵风》里的摔跤手、黑汉子、清瘦小老头儿，个个都有自己拿手的"把式"，但是，最后还是让那个年轻健朗的船夫占了上风。那船夫是不是从此就在天津卫站稳了呢？听他怎么说："天津这码头太大，藏龙卧虎，站在那儿不如站在船上更踏实。"看，船夫深知"人外有人，天外有天"，非常清楚地知道自己该何去何从，这也是真正有绝活儿的高人！

　　这些故事，你都喜欢吗？读完这些故事要注意体会一下作为天津人的冯骥才先生在这些文章中，是如何把天津人的说话风格表现得淋漓尽致的：他用天津口语讲故事，比如，把"好像"说成"赛"，把"什么"说成"嘛"，你能在文中找出一大串呢！这些文章语言简练，人物形象鲜明，每一个都是与众不同的"奇人"，这就是经典的无穷魅力，无论何时阅读起来都津津有味！

　　《绝活儿》不仅奇在人物，还妙在故事。除了能让我们见识到各样身怀绝技的市井人物，还让我们体验到人间冷暖，欣赏到各色民间技艺。正所谓俗世中不乏奇人，尘世里不乏奇事，高手往往在民间。这样的作品值得我们一读再读。